华夏旅踪

**HUAXIA
LÜZONG**

徐建群 著

敦煌文艺出版社

图书在版编目（CIP）数据

华夏旅踪 / 徐建群著. -- 兰州 ：敦煌文艺出版社，2014.4（2023.1重印）

ISBN 978-7-5468-0691-4

Ⅰ．①华… Ⅱ．①徐… Ⅲ．①诗集－中国－当代 Ⅳ．①I227

中国版本图书馆CIP数据核字（2014）第074353号

华夏旅踪

徐建群 著

责任编辑：曾 红
　　　　　张国强
封面设计：石 璞

敦煌文艺出版社出版、发行

本社地址：（730030）兰州市城关区读者大道 568 号

本社网址：www.dhlapub.com

投稿信箱 tougao@dhlapub.com　　编务信箱 gy@dhlapub.com

0931-8773084(编辑部)　　　　0931-8773235(发行部)

天津旭丰源印刷有限公司印刷

开本 880 毫米×1230 毫米　1/32　印张 7.125　字数 90 千

2014 年 5 月第 1 版 2023 年 1 月第 2 次印刷

印数：2 301～5 300

ISBN 978-7-5468-0691-4

定价：38.00元

自 序

　　自由地行走、自由地思想、自由地写作，一直都是我的梦想。从小到大，我始终按照既定的计划行事，而且由于自己的坚持，多数时候能够实现预期的目标。写作《陇原诗旅》《华夏旅踪》和《寰球诗痕》就属于我既定的计划，《永靖诗情》和《永靖之歌》算是意外的收获，也在无形之中完善了我的计划，使之成为一个完整的序列。在当下这样的社会环境里，写诗尤其是写作传统诗词，本来就是一件出力不讨好的事。而我自七岁起，就一直在写，唯一的理由就是"自己喜欢"。经常有人劝我别再摆弄这些玩意儿，应该把时间和精力放到他们认为更有价值的事情上。我明白他们的善意，也真心地感谢他们，但他们不明白我真正的追求是什么。有些事对有些人来说也许是唯一，但对我而言绝不是生活的全部。我做的很多事别人无法理解，也不指望有多少人愿意或能够予以理解。

　　随着时间的流逝，一切都在改变。诗中记录的，只是过去的所思所想，并不完全代表我现在的认知。但历史就是历史，保留本来面目或许更有意义。人到中年，熟谙了人情冷暖，也看清了很多人和事，更加不愿意随波逐流。虽然与人为善的结果有时反而是刻骨铭心的伤痛，但我并不后悔。我现在唯一清楚的是，自己对于人性过于乐观了。人生注定是一次孤独的旅行，过去的终将过去，而我仍将坚定地前行……

2014年元月于裁冰堂

目 录 | CONTENTS

雪中漫步

今夜风吹瑞雪来，春寒透骨独徘徊。
心胸渐被浮华掩，谁赏天明一剪梅？

1996年1月

旅夜有感

琐议纷纷兀自行，澄怀洗骨气常清。
众星消隐通人意，仰望天心独月明。

1996年5月

金陵读史杂感

其一

半老年轻与瘦肥，何妨选作一家妃？
白头翁有桃花运，学做鸳鸯到处飞。

其二

白头翁有年轻术，红粉女怀柔媚情。
总是人间无数事，舌尖打转不能平。

其三

岂羞老丑送秋波，数载争来雨露多。
孰料靠山楼上去，终归一梦到南柯。

其四

淫逸骄狂得意时，营私计妙自通师。
害人多处迟来报，何故青天睡眼眵？

其五

哈腰献媚最从容，无怪而今鸡狗凶。
但见园中花不败，峥嵘岁月每增荣。

其六

丑妇狰狞老更狂，靠山常在意乖张。
捞钱已是欺明目，含笑进京鼓个囊。

其七

张三售利热门庭，捐款冶容各显能。
献媚多情缘底事？争荣面目最狰狞。

其八

上天盲目脑昏昏，硕鼠横行民愤吞。

富贵欺人原是梦，铁窗长对客盈门。

其九

转换门庭冷眼横，华章不诵盛名成。

平生富贵悠悠梦，谁信尽头乃粪坑？

其十

昨夜阳台花一枝，生机凸现最宜时。

长年运蹇天心畅，情理交融做好诗。

其十一

客北思南底事空？深寒薄暖感途穷。

情真自古多清泪，雨雪风霜瘦骨同。

其十二

最恨伤心久不前，惊高叹富苦哀怜。

神仙半数凡人做，何必卑恭自惘然。

其十三

异地谋生逢鼠辈，清贫岁月苦蹉跎。

无端意气消磨尽，白首雄心恨自多。

其十四

摔倒几回记不清，多年困顿猛然惊。
如今老底终于出，漆黑心肝何日烹？

其十五

奇招怪数不能评，欲要尊荣心自横。
出国升官容易处，吹风点火果真行。

其十六

暑气蒸人六月天，学书遣兴绿窗前。
新研淡墨临王帖，魏晋风流半是缘。

其十七

自古玄机满大千，读书万卷探因缘。
平生到处心流浪，才见梅花便悟禅。

其十八

莫言离弃莫沉吟，烦恼袭来每自寻。
嘴狠心慈多少事，令人怀念不能禁。

其十九

意气书生迂阔才，神州力弱势难回。
瀛台盛况空追忆，"训政"唯教屈辱来。

其二十

一心明了①力偏微，成事艰难乱是非。

已被忧怀羁绊久，故乡虽好不能归。

其二十一

一生荣辱半分明，百劫从容侧目行。

绝世真情换何物？淫威不灭矫时评。

其二十二

匿怨怀奸佞者亲，赤心致祸蕴深因。

能臣每死君王手，何惜江山易主频？

其二十三

百姓时充鱼肉煎，老招频使不新鲜。

从来国事私心误，政绩多多且乱编。

其二十四

世人难窥祸心藏，狼子眈眈国器旁。

强弩矢飞多力猛，硝烟散尽雨微凉。

其二十五

指鹿寻常日渐谙，玄机不露用心参。

可悲豪杰犹欺世，放眼庸愚作梦谈。

注：①语出《楞严经》一："汝之心灵，一切明了。"

其二十六

宦海奇闻惯不惊，厚颜从未惧时评。
丹心报国翻余笑，白首襟怀独自清。

其二十七

群英一致淡鸥盟，激荡青春气纵横。
岁晚岂堪情味减？吴山顾我退心萌。

其二十八

见血忠贞傲骨销，仕途空梦乐逍遥。
小人多智焉能慧？君子谠言敌自招。

其二十九

谁知锐眼已当先？刻意为人莫向前。
显慧邀能时落败，才如滴水石堪穿。

其三十

浮沉看惯亦辛酸，静默深谙且自宽。
应笑至今无悔意，诗心万古意阑珊。

1997年

返丹阳探亲有感

运命漂移终不定，一身如寄累双亲。
雏儿少妇应嗤我，无力养家倍苦辛。

1999年1月1日

席间口占赠诸同窗

奋斗多年穷且贫，倾心劝我感情真。
新朋旧友同相乐，塞北江南孰最亲？

1999年1月6日

归途有感

其一

漂萍过客欲寻亲，日渐沉沦多路人。
神定心安方祛病，谁知道义在情真？

其二

小吏悲欢谁尽知？半生萍寄欲归迟。

空怜数载添华发，宦海由来未可期。

其三

总将身世比漂萍，心意更无一日宁。

行尽陇山终不语，还乡梦里倍温馨。

其四

人生信是称心难，辜负双亲意自寒。

囊涩位卑居陋室，十年长恨最无端。

其五

恶语伤心成谶易，且将豪气化诗留。

潜通禅理知真味，喜见窗前白玉钩。

其六

一念成空但自危，鸡欺狗咬事难为。

兰州最是伤心处，历尽艰辛白眼随。

其七

辞南赴北气豪雄，年少奔行险路中。

俗务缠身诗渐少，夜阑何苦醉颜红？

其八

十年空负苦吟功，诗若催成句未工。

旧友书来时劝诫，天真不改运难通。

其九

风人兴致或为痴，天性认真终不移。

厄遇何能消热望，诗情喷涌夜深时。

其十

挑战求生日渐明，牛心独抱向前行。

连绵坎坷家常饭，数载知人心气平。

其十一

十年初识白头翁，劳作辛勤喝北风。

徒羡争荣多得意，不知鸡犬暗相通。

其十二

白云深处仰头看，才到山腰举步难。

世路于人终是险，心胸在己理应宽。

2000年2月9日

秋夜绝句

追忆江南景，诗情任剪裁。
一杯秋月醉，只为故人来。

2000年9月

途中偶感

其一
天心明月照清秋，赚得离人几许愁？
故土情深终未免，一生鸿迹五湖留。

其二
无端寂寞容颜老，对镜方知岁月磨，
往事悠悠空自数，天涯流落断肠多。

2000年10月28日

林间漫步

叶落枝犹挺，微寒可动容？
雀肥争跳跃，雪薄暗消融。

2000年11月5日

旅夜偶作

其一

不笑人情淡，自伤诚信丢。
江心波浪恶，只见利名舟。

其二

夜读玩佳句，深羞硬挤诗。
真情犹未了，悲喜半生知。

其三

妙句千年咏，痴心一旦伤。
菊英非不落，欲为梦添香。

2000年11月25日

旅夜不寐，起而书此

意气相争恩怨兴，石崇夸富未倾情。
韶华已废重来过，到底浮名冷似冰。

2001年6月29日

赴河西道中感赋

其一

腊月梅花三月风，怡神悦目一心同。
事非亲历难为信，冷暖能教百理通。

其二

半边天要红还紫，一把手多癫欲狂。
定百千回分胜负，方三十岁笑兴亡。

2002年3月

登高有感

客心寒寂怯人情，客路难行犹自行。
三十四年回首处，陇山吴水半分明。

2003年1月1日

游园感怀

江南到处献殷勤，脱口多成锦绣文。
翠袖红巾今在否？关山万里蔚愁云。

2003年3月6日

雪后花园口占

其一

寒流骤至劲风吹，一夜无眠爱恨滋。
多少白头相对笑？心平气肃看花枝。

其二

鹅毛可爱小儿追，片片摘来化入诗。
雪态冰姿迷乱处，苍松本色几人知？

2003年11月7日

北京动物园书所见

幼虎微微伸利爪，肥鸡瑟瑟但心惊。
可怜身是笼中兽，犹有拔毛残虐行。

2004年2月

佛学院观辩经有感

难得修行抱至诚，今生礼佛苦穷经。
高低岂在广长舌？真义仍须百辩明。

2004年4月

逢雨偶感

陇上漂游莫自夸，江南才是可人家。
赤心总被无情误，急雨何曾惜落花？

2004年10月9日

太极岛信步感吟

远山平望辨阴晴，八月金秋天气清。
桐叶蝶飞风意尽，游人不觉尚前行。

2004年11月

过黄泥湾

红黄两色伴先民，黏土火烧解密辛。
远古文明惊现处，深研细讨长精神。

2005年3月

过静宁书所见

柳色初新风拽绿，连山花簇起红云。
不辞辛苦西峰去，春意分明扫倦尘。

2005年4月4日

过董志塬

戏说无缘却有缘，重来董志又多年。
行人纵是匆忙过，粉白花开着意看。

2005年4月4日

赴西峰道中

路边墙角杏花开，时见红云上两腮。
行色匆匆缘底事？经年又到陇东来。

2005年4月5日

参观陇东学院新校区

登楼四望更心惊，塔吊如林夜正明。
纸上蓝图规划日，陇东名校已新生。

2005年4月5日

什川梨园口占

黄河水抱绿葱茏，游客看来也不同。
万亩梨园风正好，人声俱没树声中。

2005年5月15日

庄浪道中

平生不解愁心切，漂泊陇原累此身。
落日如盘山顶走，何为惆怅是归人？

2005年6月

深圳海滨红树林生态公园口占

浅滩红树绿无边，鸥鹭齐飞掠眼前。
到此缘何多感喟？曾经隔海两重天。

2005年6月29日

荔枝公园口占

林荫雨滴却天晴，北客同朝湖畔行。
掬月亭中风渐好，蝉声起落绿波惊。

2005年7月2日

红梅公园

绿意荷池猛涨，细带松林长飘。
更有满园花色，一心醉倒阿娇。

2005年8月

湖畔戏作

天热蜻蜓舞，莲花斗艳开。
游鱼惊散去，蝉噪恼人来。

2005年8月

返兰机上作

其一

又是秋来空自嗔，廿年颠倒一狂人。
韶华似水流成恨，只有关山最认真。

其二

身在旅途心更远，平生所厚系乡关。
人间美景无穷已，不尽青山尚有山。

其三

自知无力转朱颜，休问故乡何日还。
情到深时空恨水，浮云总是绕巫山。

其四

行云陇上心何感？逐客情怀独自闲。

若问平生留恋处，青春一半系吴山。

其五

浮沉已是声名远，未必矜庄缘份长。

言语寻常欢笑足，真情一片敌秋凉。

2005年9月

南郭寺

其一

山高南郭寺，名重北流泉。

李杜光芒照，诗心万古悬。

其二

灵异口碑传，骚人数不全。

风尘今古远，到此结禅缘。

2005年12月

过乌鞘岭

山高未觉连天雪，路面流花入眼惊。
总是牵心无限事，行人不避险中行。

2005年12月13日

莫高山庄口占

白杨树下犹残雪，寒月稀星寂寞身。
心在莫高能静契，今生已是有缘人。

2006年1月13日

过隆德赴静宁道中作

日斜鸦影长，一路忍饥肠。
窃喜梯田雪，春耕已足墒。

2006年3月6日

过六盘山

穿山已借愚公力，不见当年旗帜飘。
耳畔时来风猎猎，松林积雪在云霄。

2006年3月6日

途中忽遇沙尘，有感而作

高日薄如月，突然天色昏。
行人纵归去，不得解忧烦。

2006年3月10日

赴武威道中

窗外风声响，行人睡意浓。
连山成雪障，渐远与天融。

2006年3月12日

偶遇同窗

同窗偶遇赏春光，十载如风讶鬓霜。
别自关情缘底事？徐家山上笑声狂。

2006年4月

登白塔山

粉杏方开连翘黄，不知何处递浓香。
画廊回望风来惬，明晃金城百里长。

2006年4月

春　日

山近黄河远，穿行静默中。
新春垂柳绿，微雨小桃红。
花落直如线，鸟飞轻似风。
金城三月景，可与故园同？

2006年4月

参加甘肃省佛学院二十周年庆典有感

佛门无毁誉，四座有嘉宾。
俱是随缘至，心中转法轮。

2006年7月1日

与杜根存同游尕海

野兴遄飞前路远，抛开寂寞赖吾兄。
云中一线金光射，疑为游人照玉泓。

2006年7月1日

赴玛曲道中

时雨时晴变化中，远游意兴更无穷。
前途险被山洪阻，只是深惊造化功。

2006年7月1日

夜游格萨尔广场有感

雨后清凉直似秋，人头攒动喜同游。
身临仙境几时觉？莫对今生过度求。

2006年7月1日

游玛曲草原

独坐风来百草香，身心俱忘在天堂。
忽然惊觉火烧背，始信人间有艳阳。

2006年7月2日

黄河第一桥

绿意连云入水流，凭栏远望自悠悠。
黄河第一重盈耳，恰似人生竞上游。

2006年7月2日

游郎木寺

千里奔行觉有情，青天似为我阴晴。
人生一粟浮沧海，顿悟方能骨气清。

2006年7月2日

冶力关感吟

自谓萍踪已半生，焉知此地惹乡情？
林深不觉归途远，栈道空余脚步声。

2006年7月3日

游黄涧子有感

眼前清景满深山，众口都言不一般。
陇上桃源何处是？欣游此地忘归还。

2006年7月3日

杭州纪行

借问西湖几许宽？水平如镜点金钱。
今生只是匆匆客，看罢吴山看越山。

2006年7月18日

与黄凌云、丁琴秀老师以及林培晨、李文华、贡惠明、葛俊诸君相聚于金税酒店，席间有感而作

相聚益知相见难，频频共把酒杯端。
恩师白发同窗泪，纵有悲伤聊自欢。

2006年7月23日

沙家浜感吟

芦荡风光已共寻，新诗欲向解人吟。
春来茶馆品茗后，红色情怀别样深。

2006年7月27日

重游鼋头渚

　　与美华、志军携弘毅、钱萍、
钱成、钱进共游太湖。

塞上淹留几度回？人生电闪若轻埃。
十年重上鼋头渚，梦幻江南雪浪堆。

2006年7月28日

聚会感吟

　　是夜，与贺伟平、林培晨、李
文华、吴初新、张新春、薛东升、
周宏年、贡惠明、徐镇芳、臧红、
洪宇、吴蕾、李立、葛俊等相聚，
痛饮而归。

人生牛马走，相聚亦为难。
良夜何其短，同将美酒干。

2006年7月28日

季河桥

仰慕先贤胜地游，眼前飞碧见清流。
古桥默默留人驻，毕竟风光季庙幽。

2006年7月29日

阴阳碑

悉知人事近无常，鉴得亲朋益感伤。
已是千年埋没后，断碑何必判阴阳？

2006年7月29日

沸　泉

清浊古来各不同，深知道味最无穷。
沸泉百眼何须觅？自有灵根千载通。

2006年7月29日

孔　碑

仲尼手泽传千古，疑义何曾再探究？
九里声名逾万里，只缘贤德满春秋。

2006年7月29日

巴菲特概念餐厅聚会口占

　　是夜，余设宴招待诸同窗。林培晨、马蔚、李志军、张新春、周彦、徐镇芳、洪宇、董红英、赵群芳、胡旭程、胡湘雄、姜瑜、吴初新、贡惠明、李文华、周宏年、眭丹玲、眭健辉、李立、荆萍、葛俊、荀月琴等出席，相见甚欢，感而赋之。

何故相逢觉影单？廿年羁旅未心安。
同窗最是知音者，满眼春风座上欢。

2006年8月3日

游茅山感赋

无端碌碌在人间，一到青峰便有闲。
鹤意云心终日近，自疑灵气聚茅山。

2006年8月

丹阳别林培晨

暗里韶光虚掷久，一身萍意半虚名。
分襟百感浮云外，又是江湖数载行。

2006年8月

游周庄沈厅有感

富贵如云已自参，谩谈家道酒初酣。
应怜未晓龙鳞逆，屈死当年沈万三！

2006年9月

重到金陵有感

莫叹青春去不还，人生恰似一循环。
等闲廿载伤心事，赖有真情聊自宽。

2006年9月29日

雨中口占

每经长路忆飘零，可惜当年携手行？
风雨今宵心意暖，此生终要返金陵！

2006年9月30日

雨中游西湖

其一

雨里无非诗世界，苏堤漫步柳丝绵。
赏鱼花港心神畅，才到西湖已是仙。

其二

细雨微寒山照面，无端惆怅水悠悠。

桃红柳绿何时见？纵到江南不自由。

其三

湖上风寒共泛舟，漫天烟雨若轻愁。

南来北往寻常事，已是西湖几度游？

2007年1月

雨中游灵隐

名山事迹最多奇，今日重来又湿衣。

入寺无心非怪异，回头只是故人稀。

2007年1月

游兰亭

风流会稽好文章，只是书名更久长。
唯见眼前游客满，兰亭真味几人尝?

2007年1月

洋山深水港

其一
海上风波定，桥长贯岛通。
宏图初绘制，远景在心中。

其二
谋略应须远，眼光方不同。
建成深水港，急坏哪条龙?

2007年1月

枫桥感吟

其一

寒山寺内钟声起，铁岭关前游客稀。
应是眼前停船处，夕阳流水一行诗。

其二

暮色初沉不见山，小桥流水系新船。
当年或是平心语，孰料诗名万古传？

2007年1月20日

夜游夫子庙有感

其一

秦淮河上灯摇影，旧事迷离曲散知。
无限风光全过眼，兴衰尽入古人诗。

其二

追忆江南唯一笑，风流不过作清贤。
乌衣巷口堪惆怅，几个男儿立眼前？

其三

莫怪清流误国深，雄心苦胆几时真？
乌衣巷上秦淮月，只是曾经照古人。

其四

春寒料峭夕阳斜，走遍天涯看尽花。
只有江南真梦好，此身垂老早还家。

2007年1月21日

谒中山陵

雨后松林翠愈新，擎天意足有前身。
三民主义绵延处，天下应无寂寞人。

2007年1月22日

山中道士

道心空自许朝霞，苦炼金丹未到家。
底事风来香彻梦？一枝清瘦是梅花。

2007年1月25日

道中作欲寄友人

其一

独卧江南未及春，不知何处说风尘。
眼中唯有朝霞艳，写就诗篇寄故人。

其二

青春撒遍陇山头，才到江南又是羞。
白发双亲含泪笑，哪家游子不添愁？

2007年1月

游瘦西湖感吟

曾经倩影藏烟柳，共引春光入画图。
多少红情兼绿恨，依稀只在瘦西湖。

2007年2月24日

南京留别

梦里年光几许愁？清怀不欲付东流。
金陵小聚还伤别，明日春光陇上游。

2007年4月

游寒山寺有感

古刹玲珑三宝意，寒山拾得最相宜。
一从月落钟声响，口耳同传天下知。

2007年4月9日

参观苏州新加坡工业园区

新老相殊印象移，欲夸还觉费言辞。
乘梯直上同观景，惊叹人间有巧思。

2007年4月9日

游金鸡湖

等闲光景亦如梭，湖畔悠然避网罗。
缥缈云烟心意老，清波每厌俗人多。

2007年4月9日

游善卷洞

其一

天然最是不寻常，险绝从来暗处藏。
万古双梅佳绝处，游人静默悟沧桑。

其二

吴中万象有佳名，洞府神奇在水晶。
曲折幽深泛舟出，人生也自豁然明。

2007年4月10日

碧鲜庵感怀

莫为虚名断是非，人间事迹但依稀。
缘何觅得双蝴蝶？别样精魂千古飞。

2007年4月10日

游三仙岛

通天福地在红尘，道骨仙风弃此身。
回首三山行渐远，如今半是倦游人。

2007年4月10日

游鼋头渚

离舟踏岸争回望，万顷烟波眼底收。
纵是湖中仙岛远，风光无限聚鼋头。

2007年4月10日

紫云馆观苏式提梁壶有感

佳茗自爱有缘人，香溢风飘醉谪臣。
巧手天工堪夺目，红泥裹得满壶春。

2007年4月10日

游沙家浜

春意融和碧水连，追怀往事立船舷。
狼烟四起英雄在，芦荡深深火种传。

2007年4月11日

参观常熟服装批发市场有感

服装批发能称霸，手段终究不一般。
细探根源当快意，民营经济富虞山。

2007年4月11日

太湖珍珠馆

晶莹倍显女儿姝，天地灵心聚太湖。
借得瑶池三滴水，人间洒落万斛珠。

2007年4月11日

游同里

群心共聚趋同里，清静桃源水上漂。
闲看桨分垂柳影，轻松谈笑过三桥①。

2007年4月11日

注：①三桥，指太平桥、吉利桥与长庆桥。

退思园感怀

宦海荣衰参未透，雄怀报国自欺瞒。
天寒未必人心似？劫后余生思进难！

2007年4月12日

拙政园

先盛后衰家道连，匠心如雪付流年。
姑苏自是名园萃，独冠江南岂偶然？

2007年4月12日

虎　丘

进门便向后山爬，谁见剑池塔影斜？
三到吴中无憾事，虎丘开满悦人花。

2007年4月12日

游乌镇逢友人有感

人生咫尺未相逢，古镇言欢俱动容。
已是风沙惯常客，不知何处觅萍踪。

2007年4月13日

桐乡购杭白菊有感

品尽人间百味茶，始知天下有奇葩。
春光掠影杯中见，独爱清香白菊花。

2007年4月13日

夜游宁波天一广场

到处华灯建筑新，眼前端似净无尘。
安居不赖虚夸好，百姓怡然始信真。

2007年4月13日

由北仑港赴沈家门

时因早发欠精神，作客天涯又问津。
世上风波心不起，平安自近远行人。

2007年4月14日

游普陀山有感

其一

海上灵山万里程，风波难阻信徒行。
平生罪业无心洗，犹到佛前想事成。

其二

甘霖普降自清泠，不用观音柳净瓶。
端正人心真道场，寻常许愿也能灵。

其三

风闻岛上远红尘，千里赶来倍苦辛。
紫竹林中无静处，满山都是愿多人！

2007年4月14日

瞻仰南海观音塑像

法雨飞来聚翠微，游人仰首见光辉。
虔心礼拜缘何事？万念融通远是非。

2007年4月14日

游普济禅寺有感

易进难离头挤破，平常悟到便无嗔。
佛门犹有帝王扰，三界何来自在人？

2007年4月14日

溪口感赋

日照生烟云路远，青山远隐亦巍峨。
诗情已共先贤满，绿树清波溪口多。

2007年4月15日

剡　溪

众山云暖谢公收，太白豪情逸梦留。
别样风光诗意簇，平生欲到剡溪游。

2007年4月15日

参观小洋房有感

父子相仇亦可怜，归来便似到春天。
洋人跳水寻常事，不觉已开风气先。

2007年4月15日

参观丰镐房有感

风光只有眼前真，华夏曾经遍虏尘。
不是家仇连国恨，樱花满地换新人。

2007年4月15日

咸亨酒店

已近黄昏邀伙伴，咸亨老店喜相从。
闲来共品茴香豆，片刻逍遥酒碗中。

2007年4月15日

参观鲁迅故居有感

冷眼常看多病身，欲教华夏振精神。
不经风雨文章少，谁解千秋寂寞人？

2007年4月16日

游百草园

其一

童年乐事绿生苔，我辈追随鲁迅来。
不是佳园名已足，菜花香郁为谁开？

其二

名人故事万人言，同爱眼前草木蕃。
细与文中相比照，风光不似旧时园。

2007年4月16日

参观三味书屋有感

师道威严自古存，岂容放纵日昏昏？
儿时不解真三味，犹厌读书出此门。

2007年4月16日

重游兰亭

崇山入眼足精神，思古幽怀发暮春。
绝妙文章如曲水，风流倾倒再来人。

2007年4月16日

沈园有感

慈母爱妻各半边，无从取舍自当怜。
少年光景须臾过，任是多情也枉然。

2007年4月16日

兴隆山宾馆口占

放眼层峦千百重，古今闻道有仙踪。
山中听雨心如定，烟霭无声翠意浓。

2007年6月28日

兴隆山纪游

其一
信步悠然只向前，一弯才过见新天。
山中雨后泉声响，洗尽尘心可忘年？

其二

走马匆匆总一般，闲中未必看云山。

当前景致堪回味，草木浮香醉忘还。

其三

应惭琐事满心田，朝雨清泠不欲眠。

万壑千岩如有意，游人驻足看云天。

其四

美景当前恣意怜，平常不必慕神仙。

山蚁负重行仍疾，哪有人间自在天？

2007年6月29日

山中漫兴

其一

云淡似流年，随风逝眼前。

山高飞鸟越，树茂只闻泉。

其二

山中爱翠微，随处有芳菲。
野谷无人至，鸟轻临水飞。

2007年6月30日

陪黄凌云、丁琴秀老师
游黄河水车博览园

河畔水车绍古人，欣迎远客转群轮。
光荣历史岂容逝？陇上名园创意新。

2007年7月12日

陪黄凌云、丁琴秀老师登三台阁

云气似微凝，陪师向上登。
蛰龙今不见，人在最高层。

2007年7月12日

刘家峡水库感吟

碧波微漾邈无烟，湖上轻舟速向前。
吉日风闻龙吸水，神奇总被后人传。

2007年7月14日

炳灵寺石窟

崖壁近重天，遐思欲悟玄。
缘来千里外，万佛驻心田。

2007年7月14日

陪黄凌云、丁琴秀老师
游览恐龙足印地质博物馆

同游者徐弘毅、黄斯馨

远古遗痕幸有存，知名得往近山奔。
古来佳话师生谊，胜日同游欲报恩。

2007年7月14日

枣园即兴

放舟湖上远嘉宾，坐待闲庭蜂顾频。
探蜜岂嫌枣花小？星星点点集为珍。

2007年7月14日

送黄凌云、丁琴秀老师之甘州

年少豪雄欲纵横，别师勾起故园情。
当年寄语今犹记，惭愧未能策马行。

2007年7月14日

北京稻香·湖景花园漫步

其一

逍遥扪腹上湖堤，各色蝉吟高复低。
菡萏香来风又去，不知何处借诗题。

其二

远远群山暗翠微，稻香湖畔赏金晖。

红莲绿蒲留人处，时有燕来点水飞。

2007年8月23日

翠明庄宾馆晨起

其一

万念空余寂寞心，一生休叹少知音。

已是秋来天意老，人间最忆旧情深。

其二

无眠辗转湿衣衾，早起天光犹自阴。

夜雨留声檐角上，诗人心事已难寻。

2007年8月26日

玛曲草原行

九曲黄河萦玉带，云横欲雨远山青。
草原辽阔挥鞭去，有意观花马不停。

2007年8月

夜游重庆

其一
十八年来又一游，渝州已是雨中秋。
朝天门处夜如昼，且看两江交汇流。

其二
忙中最是要闲游，心境从来爱自由。
入夜山城餐秀色，不知羁旅有乡愁。

2007年9月8日

渝州宾馆口占

天生不是有闲人，偶至园中绕绿茵。
随处鸟声多亮脆，雨中修竹更清新。

2007年9月8日

渝州宾馆得句

其一

漫天微雨客心清，散步逍遥独自行。
径草生绵苔色厚，风中对柳忆离情。

其二

曲桥鱼散入新莲，举目欣然树色鲜。
丛竹轻摇人不语，池中蝌蚪戏青天。

其三

杂树交枝草色盈，探幽无路客难行。
浅池堆叶天光暗，唯有鸟鸣慰旅情。

2007年9月8日

雨中游大足石窟

其一

林中宝顶暗生烟，旧地重游近廿年。
昔日同窗今四散，无言石刻尚依然。

其二

六道轮回挂嘴边，心中四谛未能全。
天空洒下菩提水，哪个凡人最有缘？

其三

开山断续千年力，每叹天工今不如。
造像精神飞动处，众生瞻望自唏嘘。

2007年9月10日

参观重庆市人民大礼堂感赋

元勋眼力不寻常，合璧终成大礼堂。
任是当年多异议，如今却有美名扬。

2007年9月9日

参观重庆中国三峡博物馆有感

人寰可有太平年？三峡未来祸福连。
殊世文明争后续，渝州已自谱新篇。

2007年9月9日

荷花山庄感吟

平生窃爱水中田，绿意盈盈满大千。
驻足频频同赞叹，人间绝色太空莲。

2007年9月10日

渣滓洞有感

常怀正气远沉沦，最是英雄泣鬼神。
惊叹红旗鲜血染，心中信念几时真？

2007年9月11日

白公馆有感

山林景致涵风雅，白色凶残说不完。
赤胆忠心犹在否？时人只要片时欢！

2007年9月11日

渝州宾馆偶得

秋来作客寄渝州，饭后偷闲欲探幽。
鸦噪连连寻未得，云中却见小镰钩。

2007年9月15日

一棵树观景台口占

白日深惊面貌新，夜来迷倒远游人。
山城美景争相看，获益分明在左邻！

2007年9月15日

宾馆晨练偶得

拳脚荒疏久，林间练罢归。
露垂虫跳落，鸟戏客惊飞。

2007年9月22日

中秋前夜，重庆市委组织部于东方花苑饭店设宴招待，席间有感，口占一绝

新朋互识共欣然，窃喜渝州最有缘。
未到中秋浑欲醉，人心更比月儿圆！

2007年9月24日

中秋夜，舟上倚栏，有感而作

肠断犹思若比邻，今宵做客在游轮。
平生寂寞如江水，秋月高悬忆故人。

2007年9月25日

中秋夜感怀

是夜，汪洋、张轩、陈光国、邢元敏、陈存根、翁杰明于江轮之上，设宴招待考察组成员，共度中秋佳节，为诗以纪之。

人生几度得团圆？江上秋风又一年。
故旧新朋心意似，欲来重庆看明天。

2007年9月25日

晨起，凭栏欲望，薄雾蒙蒙

昨夜贪杯心绪恶，醉眠初醒已清晨。
眼前江水奔腾去，雾里青山半不真。

2007年9月26日

舟过云阳

一桥飞架破空横，何处追寻水底城？
回首云阳心已远，青山笑送旅人行。

2007年9月26日

考察万州移民新城建设有感

新城远望半空悬，桥似飞虹两岸连。
高峡平湖秋月映，人间已是几重天？

2007年9月27日

过白帝城

窗外近山接远山，名城乍见叹新颜。
思今念远无穷尽，往事沉浮浊浪间。

2007年9月27日

瞿塘峡

舟行看尽山，水路许多弯。
已是平湖见，人间失险关。

2007年9月28日

巫　　峡

水面暗中宽，江风渐有寒。
巫山晴日望，神女最孤单。

2007年9月28日

西陵峡

水高消急湍，旅次报平安。
长峡已同过，何人尚畏难？

2007年9月28日

坛子岭感怀

风鹏万里归何处？梦想千年未有涯。
岭上应须看三石①，平湖落日壮胸怀。

2007年9月28日

小三峡

大峡方游来小峡，一舟相聚半生缘。
前途百转开怀笑，美景恒存快乐巅。

2007年9月

小小三峡

峭壁危岩没水深，山歌对唱亮人心。
神州信是多三峡，别样风光喜自吟。

2007年9月

注：① 三石：指大坝岩基石、江心石、四面体。

过丰都有感

世事常颠倒，鬼情人不如。
阴阳本无界，善恶若游鱼。

2007年9月

过张飞庙

蛇矛力挺战群英，暴戾淫威亦满营。
应惜未能沙场死，偏教竖子损清名。

2007年9月

过屈原庙感怀

为国苦忧劳，丹心日月高。
宁投鱼口去，烈士重清操。

2007年9月

自宜昌赴武汉道中作

木叶萧萧尚远行，江山入眼更多情。
风中夜路何须急，秋月归心各自明。

2007年9月

武汉迎宾馆口占

武昌鱼美未能尝，来自匆匆去也忙。
深树鸟鸣多悦意，不知游客正怀乡。

2007年9月

旅途感怀

萍意自怀南北行，秋风更起故园情。
伤心又是秦淮月，空念黄沙伴旅程。

2007年9月

十月十五日上午，党的十七大开幕，
时客京华，感而赋之

菊绽京华正客居，心惭未作万言书。
九州今日秋光艳，举国同心意气舒。

万寿庄宾馆即景

霜意初浓柿正肥，金风摇落响声微。
晚霞犹有残红色，万点归鸦啄月飞。

2007年10月18日

万寿庄宾馆漫步

客寄京华聊自宽，园中漫步正衣单。
风摇树上秋凉意，柿落成泥不忍看。

2007年10月19日

万寿庄宾馆院内柿树甚多，硕果满枝，无人采摘，感而赋此

平生到处好歌吟，底事重阳客意侵？
庭树空悬金玉果，不知摇落是丹心。

2007年10月19日

宾馆夜读有感

其一
独朝知己敞心扉，潦倒临危本意违。
天妒英才深检点，少年情性晚来非。

其二
流派如花各自红，看他西去我朝东。
古来标举开风气，未必诗人尽苟同。

其三
不愿平凡过一生，钢牙咬碎把心横。
少年狂放天涯走，回望故园万里程。

2007年10月20日

重游北大感赋

其一
九州争撷夜明珠，别样光辉照坦途。
多少学人魂梦系，灵心独聚未名湖。

其二
底事英才已尽收？衣冠不整半名流。
百年风气依根本，学术精魂在自由。

2007年10月21日

重游清华园感赋

精英自许众人夸，应有雄心报国家。
学问深研终不倦，无边水木发清华！

2007年10月21日

万寿庄宾馆后院雨中作

最爱丛生竹，徘徊不欲归。
石多形怪异，草短意芳菲。
叶落微微响，鸦惊杳杳飞。
心中诗句湿，冷雨透单衣。

2007年10月24日

名士轩（山东省干部学院）口占

老树虬龙扭，群鱼快箭飞。
院中初日照，薄雾尚沾衣。

2007年10月25日

百脉泉公园

天上人间觅镜田，丹青写意欲新鲜。
云湖柳影凉风起，泻玉流春百脉泉。

2007年10月26日

墨　泉

泉声作响深幽处，疑是龙宫一脉连。
但见方池新墨涌，挥毫尽兴不须研。

2007年10月26日

梅花泉

清照园中故事谙，金风劲爽欲沉酣。
更惊泉眼梅花样，日夜喷流碧玉潭。

2007年10月26日

龙　泉

烟霞入窍隐藏深，古寺遗踪几度寻？
涌起泉中水晶粒，清莹赢得美人心。

2007年10月26日

章丘漱玉泉

汤沸如常空作响，诗人一到便稀奇。
尘心未有清泉洗，何有世间漱玉词？

2007年10月26日

趵突泉

泺水清源自古流，观澜倚石最无忧。
初来欲做真名士，细品香茗不负游。

2007年10月26日

泉城广场

大明湖畔珍珠嵌，乐伴银莲百态生。
同上长廊欣晚眺，惊人美丽是泉城。

2007年10月26日

大明湖

残荷水榭远烟涛，傍晚初游兴正高。
湖上泛舟名士少，夕阳垂柳逊风骚？

2007年10月26日

登泰山

其一

仰高环顾意逡巡，峭壁危岩势绝伦。
黄嫩红娇争抢眼，泰山秋色最宜人。

其二

身登绝顶欲何求？齐鲁风光放眼收。
南北行踪人已羡，谁知五岳不曾游！

2007年10月27日

泰山道中

望岳诗心动，青冥未可期。
山形争错落，霜树比新奇。
磐石高空健，涧泉寒日迟。
远来消琐意，喜见鹊衔枝。

2007年10月27日

天　街

仙界初来不欲还，心知闹市在深山。
一街全是云中客，还要同朝绝顶攀。

2007年10月27日

谒孔庙有感

景仰耻膜拜，精神如古松。
事理各巧取，自圣何须封？
只为适用故，天下归儒宗。

2007年10月27日

孔府有感

繁华悉旧象，家道今隐沦。
门槛游客跨，孤岛寄宗亲。
何日九州泰，故宅迎故人？

2007年10月27日

孔林口占

驱车风中走，寂寂冷雨飞。
林深水清浅，碑乱墓草肥。
纷然红尘客，几人忧式微？

2007年10月27日

北京告别贺伟平

相逢未必说乡愁，重聚京城万木秋。
小店闲聊兄弟乐，举杯同醉路悠悠。

2007年10月28日

返兰机上口占

莫求清誉满尘寰，只要光阴未等闲。
看岳归来空自负，不知云外有奇山！

2007年10月29日

揽月亭口占

其一

拾阶登高处，亭中分外凉。
鹊声闻窃喜，正见杏林黄。

其二

小园经北风，霜色不相同。
石丑多心窍，高枝鸟去空。

2007年11月3日

玉带桥口占

金风辞柳影，明镜鉴游鱼。
桥上从容下，与人心意殊。

2007年11月3日

酬马蔚见寄

雄心兀傲半成诗，塞上行游日月驰。
娱乐终教人变懒，读书趋少渐无知。

2007年11月6日

送李明之沪上

其一
往事暗消磨，半生闲处过。
温吞之沪上，心意未偏颇。

其二
良朋伤四散，才气数君多。
纵有田园念，孰言破网罗？

2007年11月6日

万寿庄宾馆晨起漫步

满园霜意侵，变色染疏林。
忽见孤生竹，曲廊惆怅深。

2007年11月7日

万寿庄宾馆即兴

其一

依水柳青爱晚风，竹摇心动立亭中。
飘来落叶铺幽径，一树残秋剩柿红。

其二

园中底事独徘徊？心绪连绵费解猜。
斜照穿林金满眼，鹊声相和顺风来。

2007年11月7日

参观青浦区图书馆

水上花园细雨流，馆中移步有遐思。
如今网络资源富，万卷图书不足奇！

2007年11月17日

参观青浦博物馆

文化源头蕴海滨，馆藏精品出先民。
万年犹在须臾逝，但赏古今稀世珍。

2007年11月17日

游东方绿舟

公余得空尽情游，冬日湖滨也似秋。
绿色园林生意满，微风细雨客心留。

2007年11月17日

园中赏牡丹

牡丹将欲吐新芽，游子归来不见花。
虽是女皇威令下，春风未必满天涯。

2007年11月17日

参观青浦有感
并赠巢卫林、蒋耀同志

为官力戒稻粱谋，事业昌荣立上游。
青浦蓝图新绘就，民生幸福共追求。

2007年11月17日

游朱家角有感

故园心结至今存，小镇依稀似旧村。
美酒何须年少醉？勾留半日足销魂！

2007年11月17日

参加上海市人大、政府、政协换届考察有感

其一

一年三度未虚行，重到申城百感生。
最是苍茫怜塞北，半生惆怅故园情。

其二

追思乙亥有风雷，何事同朝沪上来？
自笑微躯心志远，平生每惬举贤才。

2007年11月19日

兴国宾馆感吟

墙角谁怜竹叶青？风中细雨最清泠。
心惊塞上高天迥，自爱江南有性灵。

2007年11月20日

兴国宾馆感怀

鸥盟晚所宜，游子归未得。

高堂空念想，自恐老无力。

故园不见故人来，鸿雁南飞亦可哀。

2007年11月20日

兴国宾馆晨兴

其一

细竹婀娜偎石笋，牡丹枝劲窜红芽。

突来鸣雀争相戏，顿觉心安似到家。

其二

赏鱼池畔意从容，晨露晶莹细草茸。

的是江南无限好，满园苍翠润寒冬。

其三

未觉初冬天气凉，徘徊曲径赏群芳。

枇杷花小暗香淡，犹见土蜂采蜜忙。

2007年12月1日

二〇〇八年元月二日晚，为李明、唐文忠接风，席间有作呈诸君并贺乔千喜得千金

壮年重逢半白头，一别转眼几春秋？
海外沪上同缭乱，塞云边雪系乡愁。
浮萍心意近流水，行踪无定随风徙。
检点平生真成就，弄璋弄瓦皆可喜。

什川梨园漫兴

人间何处落香尘？欢聚什川爱酒醇。
逸兴疏狂诗涤雪，梨花欲著客心春。

2008年4月3日

游岳麓山

寻踪只有旧亭台，丽日清风畅客怀。
指点浮云天地远，山川有意读书来。

2008年4月5日

岳麓书院

惟楚有材①气不虚，澄怀问学看云舒。
整齐严肃文风暖，人到山前欲读书。

2008年4月5日

爱晚亭

清风②时有白云伴，野石玲珑绿意藏。
直落天光明镜里，不知红叶要经霜。

2008年4月5日

橘子洲

吟古诵今端不同，潇湘美景浴江风。
遥知叶醉秋霜老，橘子洲头满眼红。

2008年4月6日

注：①书院有楹联曰：惟楚有材，于斯为盛。
　　②清风，亦指清风峡。

韶山冲口占

草绿花香众语喧，客来蜂聚小山村。
功成附会龙睛在，只有精神不见尊。

2008年4月

参观毛泽东故居有感

事成回首休攀附，伟绩惊天莫不知。
寄意人民大无畏，平生到处写传奇。

2008年4月

滴水洞

春色百花呈，不唯苍翠盈。
山奇因我出，入眼画难成。

2008年4月

毛泽东铜像广场感吟

革命生涯万众夸，百年如闪耀中华。
人心得失何须问？争往像前为献花。

2008年4月

炎帝陵口占一绝

百草难尝至死尝，利民终有美名扬。
太和山下齐瞻仰，华夏子孙血脉长。

2008年4月

赴井冈山途中作

前行路远喜能通，劳顿益知伟业隆。
烈士当年鲜血洒，千峰点染映山红。

2008年4月

黄洋界口占

雄关险隘近通途，远远青山淡若无。
历史硝烟弥漫处，红星闪亮见毛朱。

2008年4月

井冈山烈士陵园感赋

革命提头意志强，艰难困苦若寻常。
英灵永驻春风暖，火种依然在井冈。

2008年4月

参观大井毛泽东故居有感而作

询贫问苦平常事，锻造新军百倍难。
革命从无闲适处，朱毛聚首敌生寒。

2008年4月

茨坪毛泽东故居感吟

起居多处看，领袖也如常。
革命生涯里，翻书不弄枪。

井冈山天街

阑夜井冈犹热闹，天街看客似穿梭。
普通山货孵财富，红色旅游带动多。

2008年4月

张家界森林公园

五指摘星①天有情，金龟出海②喜相迎。
游人兴会神奇处，万壑千岩总有名。

2008年4月

注：①五指摘星，意指五指峰和摘星台。
　　②金龟出海,意指雾海金龟景点。

水口彩虹瀑布

湿处方知举步难，一堆风景几人看？
鲜花满径泉声响，惊瀑飞虹谷底寒。

2008年4月

小井红军医院

激战终难免受伤，建成医院费思量。
死生相忘情深重，烈士丹心恋井冈。

2008年4月

游龙潭道中作

其一

新蕨握如拳，山蜂体近蝉。
香风穿谷远，随处可听泉。

其二

名胜入人心，轻装欲访寻。

溪流声有韵，峰远锁云深。

2008年4月

碧玉潭

深山碧玉最氤氲，谷气香浓远可闻。

落叶飞花如蝶舞，千年惯看泻流云。

2008年4月

参观井冈山革命历史博物馆有感

彷徨暗夜红旗举，往事纷纭欲探源。

革命文章挥手写，井冈星火竟燎原！

2008年4月

索溪峪风景区感吟

人生寂寞意无穷，不要风光处处同。
秀水奇山方入眼，自然诗句到心中。

2008年4月

天子山风景区

武陵源里叹苍茫，绝世风光摄取忙。
远近参差随意变，万峰云集自称王①。

2008年4月

黄石寨

翠谷遥深雾气微，凌空赏景御风飞。
神仙也爱张家界，到此徘徊不欲回。

2008年4月

注：①天子山素有"峰林之王"的美称。

重欢树①

心内起波澜，天桥仔细看。
坚贞何处有？情侣爱"重欢"。

2008年4月

五指峰

秀色难餐空怅惘，阴晴易变孕惊雷。
休言造化存公道，总向人间伸手来。

2008年4月

注：①重欢树：沿金鞭溪漫游，途中可见一株10米高的大树（位于张家界森林公园内）。离地50厘米处分成两支，又在树高5米处相互搭起一座"天桥"，仿佛一对白头偕老的夫妻，情侣们多在此合影留念。

金鞭溪

欢花乐鸟居幽谷，赏水观山到处佳。
野逸何时收拾住？还归故国旧生涯。

2008年4月

百丈峡

联想地名①胆气豪，行游峡谷忘疲劳。
人生处处多雄险，何惧山崖百丈高？

2008年4月

注：①联想地名：百丈峡位于索溪峪南端，相传此处原为古
战场。景点中多有系马桩、插旗峰、玉玺岩等，故生联想。

黄龙洞

东西不辨高低错，洞内风光美绝伦。
出入缘何分水旱①？奇形怪相总惊人。

2008年4月

凤凰古城

最爱边城夜色柔，民风质朴自优游。
沱江水绕青山抱，高挂灯笼吊脚楼。

2008年4月

朝阳宫（陈家祠堂）

风韵迷人思巧匠，悠然自赏沐余晖。
祠堂妙处浑难得，惜未能看小戏归。

2008年4月

注：①黄龙洞全长12公里左右，洞分4层，有旱洞和水洞之别。

沈从文墓地

缓步前行如墓地，面山临水怎难寻？
持花吊客真情献，一代文宗旷古今。

2008年4月

南昌赠别

香樟雨后绿莹莹，意兴方浓送友行。
不尽人间赣江水，悠悠直似别离情。

2008年4月

八一起义纪念馆

馆中看罢悟精神，烈士捐躯只为民。
主义难真休辩论，一枪惊醒梦中人。

2008年4月

登滕王阁

初到洪都喜放晴，登高远望不虚行。
江山胜迹骚人咏，多少楼台更有名？

2008年4月

临江即景

高楼矗立似相连，城市面容暗变迁。
江上青烟云际渺，巨轮旋转自摩天。

2008年4月

与赵凯、何永有夜游八一广场

纪念碑高遥可见，风筝放出入云收。
平常日子平常事，微雨生凉信步游。

2008年4月

共青城感吟

奇迹壮人寰，雄心不一般。
英魂今在否？遥望富华山！

2008年4月

庐山会议旧址

长冲谷①寂松风绿，历史烟云几度添？
合璧中西高格调，一时名重万人瞻。

2008年4月

黄龙寺

群山错落白云深，自远红尘守素心。
奇石惊闻能报雨，黄龙谷里蕴禅音。

2008年4月

注：①长冲谷，地名。

芦林一号别墅感吟

纵笔豪情皆入诗，九州哀乐自深知。
庐山今日白云起，遥想伟人夜读时。

2008年4月

御碑亭

粪土王侯不欲封，人间浪迹自迷踪。
碑文御制吹天命，荣耀徒归锦绣峰。

2008年4月

仙人洞

佛手崖中一滴泉，道家清饮便成仙。
厌他天上空闲适，时向人间度有缘。

2008年4月

三宝树

众人兴叹聚跟前，猜测有龄千百年。
情义深存三宝树，至今亭盖上参天。

2008年4月

石　松

云海奇峰每动容，蟾蜍卧处觅仙踪。
笑风傲雨寻常事，别有精神在石松。

2008年4月

险　峰

心羡伟人看劲松，登高远望更从容。
而今唯有匆匆客，哪识风光聚险峰？

2008年4月

锦绣谷

朝晖引翠微，幽壑白云飞。
移步峰回转，心怡不欲归。

2008年4月

天　桥

峭壁危岩耸对门，游人望处俱惊魂。
天桥可有神仙过？传说但于口耳存。

2008年4月

如琴湖

暖风吹影群峰倒，古趣今情一处吟。
闲坐亭台心意爽，湖形妙在恰如琴。

2008年4月

花　径

追忆草堂远俗尘，几时花径咏留神？
虽然故事相传久，手迹应知非故人。

2008年4月

黄龙潭

名胜传闻信口谈，山间细雨起轻岚。
清泉日夜长流处，好运由它贮一潭。

2008年4月

乌龙潭

穿云破雾琴声悦，幽涧含芬怪石悬。
一路行来多看水，龙潭到处镌"龙泉"。

2008年4月

甲秀宾馆口占

夜宿庐山甲秀宾馆，大雨如注，时闻雷声。心有所感，几不成寐。

其一
好诗参大千，微妙不能传。
欲远神仙事，庐山听雨眠。

其二
山好诗人至，情深雨水迎。
夜阑雷更响，掩卷近天明。

2008年4月

庐山晨起口占

雨后泉声近，山中易忘年。
好诗伸手捉，深谷满云烟。

2008年4月

庐山感吟

其一
海内名山类似多，匡庐不到又传讹。
云中四月桃花艳，赏罢人间亦烂柯。

其二
十峰九秀益巍峨，名气每因名句多。
千古风流诗不废，天生逸兴竞吟哦。

其三
寻踪问迹渐从容，赏遍烟霞看劲松。
窃爱青山无意老，人间到处显奇峰。

2008年4月

含鄱口□占

鸟啭苍茫里，晨游兴致高。
明湖终不见，隔雾想风涛。

2008年4月

庐山植物园

清晨雨住探花容，行到园中雾正浓。
道是珍稀多不识，游人只爱看金松。

2008年4月

五老峰

苍翠远应浓，神游五老峰。
云中衣尽湿，空忆谪仙踪。

2008年4月

赴三叠泉道中作

其一
自嘲连日苦登攀，挥汗衣凉入夜还。
景在胸间随处景，何须远足到深山？

其二

一霄经雨树葱茏，最是清泠幽谷风。
涧水奔流白如练，满山烟翠拢心中。

2008年4月

黄鹤楼

文人到处爱题诗，只恨登临献技迟。
千古名楼兴废替，风流不让后来时！

2008年4月

山　行

积翠远山崇，悠然沐惠风。
飞泉深谷响，心爱杜鹃红。

2008年4月

武汉长江大桥

龟蛇对望耸双峰，援建正当情谊浓。
天堑通途谁会意？烟波江上卧长龙！

2008年4月

江汉路商业步行街感吟

平生性不爱豪奢，结伴初游适有暇。
一路春风谁惬意？名牌过眼叹繁华。

2008年4月

文峰宾馆晨兴

其一
野鸟塘边窥，风生竹影寒。
柳枝轻点水，锦鲤聚花园。

其二

鸟鸣心近悦，独自赏花回。
石乱经营处，游鱼戏影来。

其三

名花争吐艳，白鸽落亭台。
鱼点池心破，风撩日影开。

其四

人从花径走，竹向石旁栽。
风起池光乱，鱼惊锦簇开。

其五

木栈晨光好，勾留倒影前。
鱼欢划水响，双鸟上冲天。

2008年4月

即景有感

群蜂采蜜爱花鲜，三两顽童戏野田。

欲积云英于水凼，休耕只为足来年。

2008年5月

夜眺三台阁

任由遐想入苍穹，星月无心只有风。

山色夜来全隐没，高悬一阁半空中①。

2008年5月

省委党校即景

长廊叶落泣蔷薇，不欲登高看落晖。

隐隐风雷催暮雨，山青天暗燕低飞。

2008年6月18日

注：①夜色漆黑，山体不见，唯阁体以霓虹装饰，形状犹在，恰似悬浮于半空中。

陪同胡鞍钢教授参观什川梨园感赋

三到金城讲学忙，偷闲且到什川乡。
欣然访遍"农家乐"，教授梨园话小康！

2008年8月21日

赴南宁道中

空中侧望意方闲，一线分明蓝白间。
浑忘匆匆身是客，爱它云里许多山！

2008年9月18日

途中品尝杨桃有感

绿树红山入眼明，竹林游憩卧牛横。
杨桃叫卖人争买，甜美新鲜不欲行。

2008年9月19日

江畔午餐

入座犹如在故乡，时蔬脆嫩卧清汤。
风柔意爽鱼肥美，江畔舟中劝客忙。

2008年9月19日

游杨美古镇

不觉骄阳半湿衣，明清古镇畅游归。
心怜小巷花如笑，每有蜻蜓迎面飞。

2008年9月19日

过宾阳

北客南来换眼光，蔗林木薯太寻常。
贫穷只是痴人语，第一偏心数上苍！

2008年9月20日

赴上林道中

蔗林片片嗖嗖过，百里行程车不停。
如火流云奇态出，夕阳欲坠万山青。

2008年9月20日

游大龙湖

　　时有南宁市委组织部干教科长
周少剑、上林县委组织部部长罗家
能等陪同游览，即兴赋之。

晴色含烟最动容，上林山水万千重。
岸边浮起仙人履，百丈泉高龙女峰！

2008年9月23日

舟中口占

丽江山色似乔迁，乍见疑行幻梦边。
湖上风波全不觉，返航犹是艳阳天。

2008年9月23日

游金莲湖有感

人间好事莫求全，驻足无暇亦有缘。
只盼修行消妄念，湖心湛澈见金莲。

2008年9月23日

横县感吟

精华内蕴不能凋，茉莉花摘要含娇。
抖擞襟怀香雨落，心中倦意陡然消。

2008年9月24日

南宁有感

廿年①华夏行，南国最留情。
眼底花无限，重游绿色城②。

2008年9月25日

南宁留别周少剑

南国热情足自知，同游到处猎新奇。
平生意气风尘外，别后重逢孰可期？

2008年9月26日

注：①廿年，指十八岁离家游历中国。
　　②绿色城，南宁素有"绿色城市"之称。

桂林口占

雨中飞转①暗称奇，两度光临意未移。
不信人生前定事，偶然相遇又怀疑。

2008年9月27日

漓江舟上口占

天然好画赖神工，貌似穷究终不同。
竞秀争奇山出水，青烟淡淡入诗中。

2008年9月27日

注：①雨中飞转，9月18日由兰州飞南宁时，昆明机场适逢雷阵雨，航班只好临时备降桂林两江机场。

旅夜书怀

步元人侯克中《久客》韵

久别江南夜感伤，旧情唯愿不曾忘。
同游故地心无极，独坐寒斋乐未央。
抱玉休嫌知己少，怀乡独畏旅途长。
梦中蝴蝶随风去，只有兰花空自芳。

2008年9月27日

游大明寺

堆红叠绿沐清晖，携酒开怀上翠微。
第一①能当人尽望，栖灵胜迹蕴禅机。

2008年9月28日

注：①第一，寺墙有"淮东第一观"榜书。

游个园

匠心空有痕，风月本无根。
四季①分明见，神驰万竹园②。

2008年9月30日

游平山堂

桂误③正清秋，同窗走马游④。
湖山都到眼，怀古忆风流。

2008年10月1日

注：①四季，园中以四季为主题布景。
　　②万竹园，园内名竹甚多，且竹叶多呈"个"字，故得
名。
　　③桂误，时值九月，扬州桂花犹含苞待放，不闻其香。
　　④走马游，由于时间紧迫，匆匆一过而已，甚憾。

瘦西湖感吟

得闲①堪做主，山水便多情。
心比西湖瘦，只因秋气清。

2008年10月2日

登栖灵塔

九重悠远叹精诚，眼底山川觉有情。
撞响钟声烦恼尽，广陵秋月夜空明。

2008年10月2日

注：①得闲，瘦西湖南大门联语中有"得闲便是
主人"句。

萃园大酒店别诸君①

此地欲流连，笑谈千里缘。
何时重聚首？一别又多年。

2008年10月2日

溧阳翠谷庄园同学聚会感吟

云影湖光野气清，无边竹海晚山青。
廿年回首心生慨，最重同窗笃挚情。

2008年10月3日

峨眉归来有感而作

白云无意示行踪，耳畔闻雷野寺钟。
访尽名山犹自恨，仙家总在最高峰。

2009年7月

注：①诸君，系指吴坚平夫妇、杜友义夫妇、王肖杰夫妇、
张磊、戴明、李明、王粤及其家人。

返兰机上作

其一

晴空万象须臾变，欲借丹青妙手传。

莫怪云中仙影杳，凡人伎俩已惊天。

其二

俯首荒山多少绿？夕阳依旧弄金晖。

絮云为被神仙盖，无怪人间暖意微。

其三

故国情怀缭乱际，浑然不觉已凌霄。

云中自有真山水，无限清凉万虑消。

其四

金陵雨后起青岚，银燕待飞客笑谈。

到得空中尘意少，白云豁处有湖蓝。

其五

舷窗俯瞰叹神奇，极地风光信可知。

仿佛亲临冰世界，云中到处有瑶池。

其六

雪原隐约冰湖见，身在云端暗动容。

自谓珠峰高已极，不知峰上有高峰！

其七

心惊壮美措辞艰，绞尽枯肠意未闲。

入眼青山浑已忘，翻疑云态更如山。

其八

肖形怪兽似纠缠，奇幻相逢在日边。

极地风生迷望眼，忽然云海化冰川。

其九

百变峰峦留不住，仙人未必已登攀。

神奇哪得轻言说？云里归来莫看山！

其十

朝发夕回未得闲，袭来倦意怎开颜？

无聊转向舷窗外，看罢云容不爱山。

2009年8月

赴太子山道中作

暮色将临尚急行，重云杂树适秋清。
抬头正见来新月，太子山高积雪明。

2008年9月25日

东大坡口占

渐远不闻流水声，转回心意到归程。
山高黑寂秋风冷，反顾难寻临夏城。

2008年9月25日

赴敦煌道中

旷野忽来龙卷风，众人惆怅蜃楼空。
连天路远几成线，唯见晚霞深浅红。

2009年9月

自禄口机场赴丹阳道中

秦淮河畔菜花黄，赤子清明返故乡。
杨柳哪知归不易？轻随细雨入苍茫。

2010年4月3日

赴茅山道中有感

其一

心境自随柳色新，芳郊绿野净无尘。
春光自美焉须画？要学东风作解人。

其二

仙山远望势崔嵬，沿路花开欲夺魁。
无限春光怜草色，浮云日夕但徘徊。

2010年4月5日

茅山感吟

心底神奇岁岁添，山青云白共遥瞻。
游人寂寞仙人杳，唯握手中上上签。

2010年4月5日

自茅山返丹阳道中

　　庚寅清明，与美华、志军同游茅山，归途口占。

春日同游下翠微，胸中快意只如飞。
夕阳犹在明塘镜，一树双巢喜鹊归。

春日偶作

辫柳抽新千万条，暗吹烟絮漫天飘。
依依如解别离意，攀折由人愿恨消。

2010年4月5日

界沟村扫墓有感

故乡风物依稀淡，岁月无情损有情。
岂是伤怀春便驻？明朝还向远方行。

2010年4月6日

深圳穆斯林宾馆口占

别后重来又数年，鹏城小聚赋新篇。
笑谈词翰斟醇酒，南国芳春赏雨烟。

2010年4月14日

与孔得来自蛇口赴珠海舟中口占

同别鹏城珠海去，行程匆促雨潇潇。
窗前忽有翔鸥至，浪浊风寒倦意消。

2010年4月15日

机上口占

云中世界真仙境，善变奇峰魔幻生。
大地浑如调色板，春光美艳画难成。

2010年4月19日

武威沙产业基地有感

其一

肆虐人寰千载狂，降龙有术赖良方。
由来瀚海多诗意，不许黄沙万里长。

其二

莫怪人间有不毛，风行旷野利如刀。
黄魔暂伏休宽慰，绿进沙逃方自豪。

其三

顺势多谋漠海行，自然规律逆难赢。
人沙苦斗犹无尽，产业初兴前路明。

2010年6月

治沙劳模石述柱

其一

一生行路勇朝前，道义斯人谁比肩？
天下雄心何许老，压沙堆绿日荷锹。

其二

寻常默默远荣光，心系治沙日未央。
汗水能浇林万亩，葱茏一片护西凉。

其三

谁识细行蕴赤诚？功劳不待后人评。
精神都化定根水，沙海绿萌奇迹生。

其四

莫问今生亏不亏，长年日晒大风吹。
埋头做去人何解？唯有愚公耻树碑。

2010年6月

与孔得来赴京有感

临时动议赴京城，项目能来只有争。
免费桑拿今又洗，人间酷暑似心情。

2010年7月30日

北京展览馆宾馆深夜口占

七月卅一日，彻夜不眠，百感
交集，起而有作。

酷暑难当病一身，情随意转费精神。
夜深犹有蝉声唱，别样伤心似古人。

宁夏考察有感

业绩平常每劲夸，出门方见廿年差。
人超我赶拼观念，最惧偏安变井蛙。

2010年7月

中川机场滞留有感

乘兴欲还家，逢人便想夸。
误机多不解，依旧作风差。

2010年9月10日

赴杭机上口占

陇原虚度几春秋？一派苍茫掩九州。
荣辱浮沉时过眼，元龙①志向未曾休。

2010年9月11日

参观世博园

游客接龙四海来，友谊生根携手栽。
中华盛世新歌颂，万国同园眼界开。

2010年9月12日

注：①元龙，即陈登，三国时人。

浙大西溪校区有感

南来觉梦遥，暑气未能消。
名校英才聚，应嗤朽木雕。

2010年9月13日

游杭州大运河

古来演义尽传奇，残照每催苦旅诗。
两岸风光今不熟，沧桑变数水何知？

2010年9月14日

游西湖文化广场

闲游佳妙远，自是筑心牢。
广场岂唯大？应期品位高。

2010年9月14日

参观杭州钱江新城有感

气象诚高迥，无谋万事休。
效颦终可笑，识见最难求。

2010年9月15日

参观新区城市规划展览馆感吟

胸中怅恨更怀羞，徒羡眼光近一流。
规矩全凭心意定，利多名盛各追求。

2010年9月15日

黄龙饭店感吟

天堂乐作数回游，陇上何为客不留？
服务高低微细处，莫将贫困化心囚。

2010年9月15日

观看《宋城千古情》

摇光幻彩神仙境，观众欢呼竞动容。
千古繁华方寸事，从前冷热杳无踪。

2010年9月16日

夜游宋城

熙熙万众尽喧喧，只怕人情早失根。
形象纵然微得似，真淳古意殆无存。

2010年9月16日

与王润林游西湖

湖畔赏荷风曳柳，闲来共话古名公。
眼前残照金鳞起，心境分明已不同。

2010年9月17日

观看《印象西湖》

意境当能惊造化，游人只得再三叹。
西湖美景真如画，幻影凌波带醉看。

2010年9月17日

游清河坊

商贸流通马不前，眼中人气已争先。
十分空想仍怀想，热闹何时异地迁？

2010年9月21日

与王润林、陈自云参观
诺德轮毂有限公司

到底公心空自牵，民间意识亦超前。
一分家业千分力，事近无穷只淡然。

2010年9月23日

初至中央党校

率众同来忐忑行，报名方毕一身轻。
楼前落木翩翩下，风里时传喜鹊声。

2010年11月21日

正蒙斋与友人小聚

掠燕湖边坐酒家，偶然相聚在京华。
闲谈往事开怀笑，美酒方斟复品茶。

2010年11月23日

中央党校晨起

其一

众鹊齐鸣人影少，风吹落叶满园飞。
不知寒意专欺客，行路艰难瑟瑟归。

其二

薄冰湖面银光闪，旭日悬空犹自丹。
落叶如惊连片跑，鹊声清亮北风寒。

2010年11月26日

潍坊感吟

　　2010年12月13～15日，余赴潍坊
参加"组工干部培训现场教学暨基
层干部教育培训方式方法改革交流
研讨会"，心有所感，赋诗以纪之。

　　魅力在精神，几人能认真？
　　鸢都心向往，作客暖如春。

张掖滨河新区感吟

思谋每向前，着力谱新篇。
手笔惊人处，繁华或有年。

2011年2月

参观长安前进村有感

客访心无怪，自为长乐人。
常言新气象，情暖似三春。

2011年2月

辛卯春有感而作

深知路远万千难，黔首多艰未许闲。
丽日光芒岂遍照？春风无限隔重山。

2011年3月

友人席间索诗，戏作赠之

武林踪迹旧曾闻，宇内声名赖妙文。
红雨绿风情未老，也知春日最氤氲。

2011年5月8日

姜维赞

其一

蜀汉难扶秘策玄，英雄乱世系危弦。
身经百战唯忠义，不必声名故里传。

其二

奇谋纵远志难伸，顺逆从来曲有因。
自古谁曾逢圣主？平生毁誉不由人。

2011年7月

武山温泉逢雨

汤池浴罢沐凉风，云涌雷生暗碧空。
骤雨腾烟幽壑里，青峰高耸客心中。

2011年7月

登大像山

千仞危崖拾阶行，心仪大像抱精诚。
为民邀福多谋远，俯瞰平川画卷横。

2011年7月

赴古坡乡道中

胜景人言在古坡，草原相聚尽酣歌。
蔼烟初散行犹远，眼里青山已渐多。

2011年7月30日

瓦泉峪

别处曾看似不如，也知心境向清虚。
野山苍翠云封顶，前路氤氲雨霁初。

2011年7月30日

石鼓山

烟霭藏溪翠入林，断崖行处亦惊心。
远山含雨天光暗，忽漏云间一缕金。

2011年7月30日

参加甘谷军事日活动有感

人生际遇似山形，高下难分意不宁。
靶场归来同入席，歌声直欲遏云停。

2011年7月30日

重回武山感赋

当年往事自悠悠，蓬鬓如霜志未酬。
惆怅归来多不识，故人陪我雨中游。

2011年8月4日

山丹乡感怀

潇潇冷雨忆当初，长叹故人音信疏。
莫谓心雄沧海晚，生涯半数意难舒。

2011年8月4日

车川村即兴

旧貌难寻客未留，小康生活上层楼。
年光转去时牵恨，渭水依然只细流。

2011年8月4日

自天水返兰途中口占

归途不语看阴晴，窃笑天公也动情。
云出巨螯钳日去，甘霖洒落旱塬青。

2011年8月8日

高家湾即兴

别寻山路惊形胜，野兴初狂莫笑看。
钓客焉知秋意早？天池碧色尽凝寒。

2011年8月21日

兴隆山感吟

谷中风寂客盘桓，山色纷呈尚耐看。
草木将凋秋意晚，别添心底几分寒？

2011年10月1日

永登道中

沿途景象因心异，身在永登欲止攀。
寄意浮云清节改，未知前路几重关。

2011年10月30日

赴山丹道中

2011年10月30日，与黄宝树、黄致品陪同吴德刚部长前往河西调研，途中有感而作。

其一

历数艰辛未到头，民生国事窃怀羞。
江山有怒何人见？嗟我心哀枉自愁。

其二

命不由人鬼剃头，河山万里客中愁。
前贤猛醒言犹在，纵有豪情付晚秋。

其三

心情忐忑向西行，天气无常偶放晴。
一路飞奔人不解，焉知到处少逢迎？

山丹感吟

忆昔初来心血热，青春勃发渐扬眉。
十年重顾犹谈笑，一样情怀何处追？

2011年10月30日

山丹夜游

商业繁荣夜照明，峭寒犹有客人行。
临风顾影天桥上，心底犯疑在小城。

2011年10月30日

与黄宝树陪吴德刚部长
看望黄致品父母

调研忙碌远矜夸，领导欣然夜访家。
有子同称才德备，心中脸上俱开花。

2011年10月30日

位奇镇感吟

走进农家悉蔼然，岂唯富裕有良田？
政声端要人夸好，不在牛皮吹破天。

2011年10月31日

芦堡感吟

民生本是大文章，情系乡亲莫敢忘。
致富能人多胆识，倾心引领向小康。

2011年10月31日

民乐感吟

从政聪明减，农家少折腾。
蓝图描实处，民乐正丰登。

2011年10月31日

海潮坝村感吟

不要安排取远途，端期准备近乎无。
耽于后进空辛苦，休怪人前气象殊。

2011年10月31日

张掖感吟

实干何须架势新，从来善政最亲民。
明珠也怕明星戏，总要精神冠古人。

2011年10月31日

张掖国家级湿地公园

湿地冰耀日，不见野鸟出。
道旁柳乘风，黄荻更瑟瑟。

2011年11月1日

高台感吟

陇上粮仓随处是，高台物产叹丰饶。
遥知总有千年雪，化作清流戈壁浇。

2011年11月2日

高台烈士陵园感赋

虔心奠祭慰忠魂，史论纷纭真相存。
百战应消生死虑，丹心铁血宁无痕？

2011年11月2日

暖泉乡感吟

力微心乱夜难眠，深入乡村作调研。
大漠淫威休小觑，人间哪得不忧天？

2011年11月2日

胭脂泉

古今关塞崇刚烈，七尺男儿已化尘。
巾帼香踪临漠海，胭脂传说也迷人。

2011年11月2日

故地重游有感而作

沧海朝霞在眼前，佳诗拾取似随缘。
机锋滥用岂方便？才欲说禅已远禅。

2011年11月13日

游田子坊

石库门风海派情，画坛泰斗定佳名。
雨中深巷游人少，天色放晴心亦晴。

2012年2月22日

参观总统府感吟

声名默叹满人寰，代有英雄过五关。
信是江山无主客，光荣只在一时间。

2012年2月23日

夜游夫子庙

宴罢雨微邀共游，乌衣巷口未停留。
如何夜色沿河褪？正叹繁华过彩舟。

2012年2月23日

秦淮河畔感吟

满眼繁华水上漂，休将故事认前朝。
古今多少凌云志，只在秦淮黯黯销。

2012年2月23日

与刘永杰、赵永生参观
南京博物院有感

雨后金陵洗尽尘，得闲同赏馆藏珍。
六朝文物今犹在，不见当年享用人。

2012年2月24日

金陵赠别

2012年2月24日夜，与周继军、狄生奎、盛云峰、王方太诸君作别，有感而作。

兴陇欲期赖众贤，江南历练近周全。
河清盛世岂虚待？道义如山在两肩！

旅途杂感

其一

海平端似远风波，世事惊心泣血何？
一样年华今易逝，应酬真是废人多。

其二

自觉年来心意寒，耻凭杯酒独贪欢。
沉沦日久翻明目，一向人情颠倒看。

其三

年少出门意气扬，岂知梦里有愁肠？
韶华多半陇原逝，今日故乡似异乡。

2012年3月1日

太极岛口占

夕照沉山染碧天，轻寒欲尽柳如烟。
深情可似黄河水，别样澄明在眼前？

2012年3月20日

春日感怀

其一

何故羞游故地来？雄心碎去渐成灰。
岂堪梦里犹为客，所误年光挽不回。

其二

千寻断壁渥如丹，嫩柳牵衣忆旧欢。
纵是心情能得似，从前春色已难看。

其三

万事曾经每认真，深谙世故反逡巡。

胸中块垒消须酒，不是当时效古人。

其四

徒有枝头嫩叶姿，无端却恨错花期。

人生境遇同谜语，酒醒时分不见奇。

2012年4月8日

银滩公园即兴

其一

枯草丛中绿渐滋，夭桃惹眼抹胭脂。

雏鸭嬉戏春何在？新柳半黄水半池。

其二

栈道行人底事稀？沙洲绿淡染金晖。

忽然群鸟冲天起，小艇西来贴水飞。

2012年4月12日

晨起，忽见院中杏花竞开，喜而有作

心同玉宇绝尘埃，微雨清风漫步回。
忽有行人惊艳处，杏花堆簇夜争开。

2012年4月10日

滨河公园即景

烂漫桃花红叶李，风来不觉泛轻寒。
天生绝色怡双眼，白玉兰交紫玉兰。

2012年4月12日

宁卧庄宾馆花园散步即兴

牡丹初绽梨花落，枣与香椿芽未抽。
娇嫩海棠蜂点蕊，春风底事不停留？

2012年4月20日

赴环县"双联"有感

偶聚意相通，心情各不同。
民生牵挂紧，百姓远贫穷。

2012年5月16日

赴白银道中

千里驰驱为奉公，寸心犹赤愧无功。
偶来微雨追行客，茔确山弯遇响风。

2012年5月16日

盐池、靖边道中

上下民情每不符，"双联"任重意恒殊。
风车夹道摩天转，过客匆忙念远途。

2012年5月16日

甜水镇口占

陇界重临始驻车，心中窃喜又回家。
可怜同伴咸劳顿，杯底清凉泛雪花。

2012年5月16日

夜宿何志峰先生宅，
出门散步口占

窑洞初居感受新，出门犬吠立时频。
虽然不见中庭月，星斗满天格外亲。

2012年5月16日

何大塬入户口占

炎日灼烧未惜身，频频入户满风尘。
乍逢塬上如相识，窑洞人家待客亲。

2012年5月17日

高寨沟村感吟

窃惧重添无用功，联村似不负初衷。
深山雨意怜新客，到处牛羊著麦风。

2012年5月17日

木钵镇逢雨

乘兴悉言上翠微，环江水浅映斜晖。
忽然云黑成天幕，日隐风狂雨点稀。

2012年5月18日

自环县返兰道中

"帮扶"十载惯驱驰，结对"双联"未守时。
南北不分应笑我，奉公岂觉壮心迟？

2012年5月19日

旅中杂感

其一

玄机似海最难参，网上舆情杂笑谈。
桃李春风应不语，十年昏睡意犹酣。

其二

风闻海外有渔翁，劫后言行西复东。
莫谓迁都诚易事，神仙打架火熊熊。

其三

官样文章上不看，心机白费自生寒。
可怜终向荆门去，老调无非再一弹。

其四

马列从来只对人，自家规矩自家申。
儿孙福分争来定，不要尊严变脸频。

其五

高标好似入青云，自诩囊中只数文。
千古佞臣多宠爱，可怜忠直弃无闻。

其六

亢奋无名众客行，签单阔绰万金倾。
忽然平调犹难信，可有忧愁尽日生？

其七

忘却当年赛节操，平时不见懒挥毫。
潜修怎似成名好？盖世头衔论价高。

其八

冰心透澈反遭疑，莫道尊严不可欺。
梦里桃源空自羡，人情寡淡几多时？

其九

赤子难当未可求，异乡勾起古今愁。
轻言国是天犹笑，秋雨绵绵更不休。

其十

人情反复是非攒，世事纷繁左右看。
乾道雄风孰欲振？沉于命者可心安。

其十一

貌丑心妍多不识，翻寻道义叹无情。
人间误会何曾少？虚幻但知气自平。

其十二

心惭立志效精英，际遇难言益显明。
事态癫狂人逊鬼，聊斋读罢一身轻。

其十三

秋来势猛骤知寒，微幸事临悉静观。
百炼精钢犹待淬，深谙世味读书难。

其十四

利微争竞若成仇，苟且相随不自羞。
净土从来尘世绝，人生得志贵营谋。

其十五

人间到处连环套，千劫百伤血路开。
生死既然勘易破，为何荣辱久萦怀？

其十六

参透人情莫叹嗟，晴天日影尚倾斜。
和能致顺岂虚妄？元气浩然自辟邪。

其十七

才高未必到人前，恃艺修身或可全。
时世更移休自许，诗名纵远亦徒然。

其十八

感慨遥深识大千，眼前花展倍新妍。

何须枯坐勘真理？除恶于心结善缘。

其十九

何故片言妒意藏？真诚换得透心凉。

前行且自怀清梦，莫为贫穷格调伤。

其二十

宵小横行叹息深，欺人未足欲诛心。

长安现状谁开眼？总要耳旁有炸音！

2012年5月28日

旅途重读《聊斋志异》
有感

其一

善恶岂有别？天机孰敢泄！

污秽鬼神嫌，人心不思洁。

其二

寄身如一粟，偏难人心足。
误会满尘寰，超然即去辱。

其三

前程实未明，变数看阴晴。
骨傲频招祸，心情每不平。

其四

狐鬼性不移，人心如月亏。
风气一时坏，何惜道义衰？

其五

天下皆是关，举步更觉艰。
人鬼岂有别？变化一念间。

其六

皮厚争向前，无良善瞎编。
俨然高位上，弄权欲遮天。

其七

怒气欲化绳，佞人不得惩。
握权岂为善？诬奸最称能。

其八

入道倘能深，邪魔定不侵。
祟来疑鬼怪，百病匿于心。

其九

旧事俱成烟，追怀一粲然。
妍媸浑不别，守道亦须坚。

其十

深勘得失因，处事仗慈仁。
鬼界犹人世，直须情性真。

2012年8月21日

自武威返兰途中

　范兄爱国之父病逝，余赴凉州
吊唁。归途触景生情，有感而作。

萍踪欲觅了无痕，迷梦催人赤脚奔。
山下霜林秋正醉，雪峰云裹恋黄昏。

2012年9月23日

赴白银道中

深知众客①叹苍凉，我自心头百味藏。
但愿荒山多异宝，开源后续复荣光。

2012年10月22日

白银感吟

冲关不变是精神，科技兴城重内因。
设厂成名洪武事，销金布局渐推陈②。

2012年10月22日

注：①众客，指中央党校第33期中青班二支部调研组一行。成员有：龚建华（时任江西省抚州市委书记）、陈龙发（时任中组部干部四局副巡视员）、郑雁雄（时任广东省汕尾市委书记）、耿彦波（时任山西省大同市市长）、魏树旺（时任贵州省六盘水市市委常委、副市长）、刘金焕（时任中国国电集团公司总经理助理兼国电大渡河流域水电开发有限公司董事长、党委副书记）。

②白银市地处黄河上游、丝绸古道，因矿得名，因企设市。明朝洪武年间，官方在此设有办矿机构"白银厂"，有"日出斗金，积销金城"之说。

白银市体育中心

铜城场馆已超前，放眼周邻罕比肩。
银凤湖边新景见，欣逢盛会舞翩跹。

2012年10月22日

白银市高新技术产业开发区

科技内涵见一惊，推新出路不能平。
从来讲解谋怡客，慵作诳言业绩明。

2012年10月22日

白银公司铜冶炼厂

观罢短片感念深，车间已是数回临。
黄铜满眼难为宝，先举白银后举金。

2012年10月23日

景泰黄河石林

影视流传渐有名，尚留新景待经营。
出言都道荒凉地，说与旁人不肯行。

2012年10月24日

乘快艇瞻观音像

圣迹人言崖壁藏，飞舟搏浪湿何妨？
观音大士依稀见，愿得悲怀悯僻乡。

2012年10月24日

农家乐晚餐有感

农家饭菜口中香，斗酒初酣意渐狂。
往日时光今又见，真情不减客难当。

2012年10月24日

赴会宁道中

荒山偶尔见秋林，众彩纷呈红胜金。
深信此行能换骨，风云际会炼丹心。

2012年10月25日

红军会师纪念塔

其一

真相迟来议论多，三军幸会息风波。
机缘若是寻常得，后世何人唱赞歌？

其二

会师西北定佳音，一路红旗血染深。
去向能明岂巧合？兵家胜负看民心。

2012年10月25日

会宁会师纪念馆感赋

其一

举步何须随讲解？反教思索不能深。
红军历史今浓缩，旷世悲情犹动心。

其二

信念如灯前有光，千般挫折试刚强。
曾经烈火烧筋骨，不是英雄卸伪装。

2012年10月25日

会师纪念馆见张国焘旧照有感

其一

当年架势亦雄魁，失去红心追不回。
权欲熏心终落败，凯歌闻奏独悲摧。

其二

同志不和肃反光，口头正义弄权忙。
天高未及翻通敌，更与何人较短长？

2012年10月25日

观赏会宁县博物馆书画展感吟

细审方知玉玺真，去官归隐获闲身。
莫言文物归天子，散入民间多至珍。

2012年10月25日

返兰道中

野色斑斓秋意融，旅人归去起寒风。
夕阳独树双飞鸟，云若犬羊走碧空。

2012年10月25日

金城山庄感吟

畅饮山腰欲尽欢，暗风明雨骤添寒。
谁知夜色佳如许，远客停杯罢箸观。

2012年10月25日

滨河路口占

已是初冬浑未觉，惊悲岁月又蹉跎。
高台落叶无人扫，听任顽童践踏过。

2012年11月10日

席中赠张法泽

无事哪知孰有情？历经磨难始分明。
人生看得浮云散，冷暖深谙笑意盈。

2012年11月23日

旅夜偶记

其一

默念真言解不开，枯禅贻笑远灵台。
无端莫向高深去，心驻平常万法来。

其二

心猿一锁意难驰，混沌初开静寂时。

境界平生高下见，学禅何必畏人知？

其三

邀梅请月赏松烟，一入山中俱忘年。

流水行云随意去，心无窒碍悟真禅。

其四

湛湛天心独月明，念头初转慧根生。

人间钝器何曾有？识见虽殊未可轻。

其五

年长益顽识见偏，感恩时节独参禅。

倦于言论心无怠，冷对人间两样天。

其六

平生困顿感时艰，渊默如雷愤语删。

多是少非诚不易，谁凭冷脸闯难关？

2012年11月30日

归途口占

事顺言欢意自安，分明雪霁速行难。
黄昏已近山吞日，人在归途不觉寒。

2012年12月19日

岁末旅中感事

其一

高标特举少逢迎，纵是无情若有情。
只恐今生清誉渺，空期后世见昌明。

其二

远来谋事倍含辛，劳碌奔波只一人。
学问深时门面阔，伤心左骨费精神。

2012年12月28日

赴沪机上口占

闲居遁意深，磊落负初心。
海上乡音近，无寒逆水侵。

2013年4月9日

中国浦东干部学院口占

办学超前理路宽，鲜明特色立高端。
七星湖里鳊鱼跳①，奉献精神亦可餐。

2013年4月10日

参观长寿社区慈善超市

同情值万金，善向细微寻。
结力安邻里，爱心原自深。

2013年4月11日

注：①午间宴请，所用系七星湖里野生鳊鱼。

参观长寿邻里中心

无需隔店辨乡音，同聚惜缘利断金。
诚信相依情意暖，人间处处讨真心。

2013年4月11日

参观上海市委党校

眼界奇高重细微，岂无事业映朝晖？
春光自美留人赏，彩蝶迎风款款飞。

2013年4月12日

赴井冈山机上口占

浮烟旧忆忽频频，圣地重朝别有因。
应笑人生浑似树，不停修理驻青春。

2013年4月13日

重上井冈山

再来岂慕名？万事不能平。
逆境随心转，山崇月更明。

2013年4月13日

观看大型实景演出
《井冈山》有感

重重雾霭锁层峦，历史风云绝壮观。
唱彻红歌山谷里，民心所向便无难。

2013年4月13日

江西干部学院

待客殷勤共探研，喜从南国获新篇。
潜心教改传经验，先导不争已在前。

2013年4月13日

井冈山赠友人

形同白鹤舞翩跹，小住山中又几年？
寻胜偶然从此过，可怜南国不同天。

2013年4月13日

中国井冈山干部学院感吟

远来求教不开门，地僻天高妄自尊。
可笑官僚人易见，未谙同道谊难存。

2013年4月13日

赠郭敏捷

刻意求真未必真，平生坦荡似无嗔。
男儿本色今难见，一片诚心足感人。

2013年4月13日

赠易晗菲

初闻赣女亦多娇，学业精研莫赶超。
才艺惊人轻不露，殷勤属意客途遥。

2013年4月13日

江西干部学院后山即景

不见狂风起巨涛，重峦尽翠远浮嚣。
眼前唯有晓烟淡，山笋原来势更高。

2013年4月14日

井冈山革命烈士陵园

英魂寂寞已长眠，晚辈鞠躬心自虔。
革命能传惟火种，人间换境见春天。

2013年4月14日

井冈山革命斗争全景画

秀丽山川风雨愁，井冈红遍敌空仇。
斗争全景新图画，烽火硝烟眼底收。

2013年4月14日

黄洋界哨口

革命维艰境界新，用兵多变每如神。
铜墙铁壁疑难改，最是人间主义真。

2013年4月14日

茅坪八角楼

舶来主义近愚顽，革命前途陷困艰。
一线生机明瓦下，开窗便出万重山！

2013年4月14日

大井毛泽东同志旧居

身影茫茫"白屋"①藏，风云逝去几曾伤？
人生纵见花含笑，故园情仇万里长。

2013年4月14日

小井红军医院

捐资自建赖精神，辛苦何曾惜病身？
历史无声留感动，艰难岁月乐观人。

2013年4月14日

小井红军烈士墓

会剿凶残烈焰腾，伤兵殉难血凝冰。
红魂不灭情犹在，守望江山向永恒。

2013年4月14日

注：①毛泽东旧居系土木结构，因墙壁为白色，当地老表习
惯称之为"白屋"。

曾志同志墓

革命红花开不败，顽强意志未消磨。
平生守节情何许？留恋青山或更多。

2013年4月14日

碧玉潭

万丈泉高自有邻，无心也要蹈红尘。
美名岂是寻常得？众口同词碧玉新。

2013年4月14日

锁龙潭

平生最爱戏虹霓，锁在深潭龙首低。
涧底无光难称意，青云不到自栖栖①。

2013年4月14日

注：①栖栖（音西西），心不安定。

珍珠潭

穿山定不惜微躯，幽涧空翻湿画图。
一片冰心终破碎，人前散作万斛珠。

2013年4月14日

飞凤潭

此生何必立高台？胜境随人到处开。
欲品甘泉心未定，凌空一凤欲飞来。

2013年4月14日

仙女潭

山野寻踪欲忘年，一消尘虑半成仙。
从来绝色惊天降，更有何人可比肩？

2013年4月14日

五龙瀑纪游

胜境慰平生，路危岩下行。
山高松韵远，翠隐雨烟轻。
卧石真如鲤，跳珠微有声。
苔痕幽壑辨，欲去且留情。

2013年4月14日

江西干部学院观摩访谈式教学有感

亲临现场亦机缘，双向交流忆旧年。
红色精神催壮志，井冈烙印暗相传。

2013年4月15日

返兰机上读史，心有所感

无多信史可深研，谤议纷纷妒意牵。
只恐才疏犹自大，文章写就不新鲜。

2013年4月15日

春日偶书

最恨沙尘数日连，澄清志远怯为先。
人心总被春风暖，偏是杏花逊去年。

2013年4月17日

白银道中感怀

红尘好恶本无由，万事翻江枉自愁。
克己疑成多病状，赤诚难敌细人谋。

2013年4月24日

平川道中论史有感

轻松说笑旅途歌，悉鄙人间遍网罗。
壮士襟怀从古有，难如意者每居多。

2013年4月24日

盐池感吟

来去纵横旷野风，古人勋业与谁同？
荒滩几许苍凉意，一晌晴明万境空。

2013年4月24日

定边道中感吟

万里江山若掌中，书生意气但豪雄。
如今战事空怀想，力弱难开马背弓。

2013年4月24日

靖边道中有感

昌盛太平元未闻，可怜人境起妖氛。
不如归卧白云下，饱读诗书远世纷。

2013年4月24日

过子洲论史有感

长途多默默，偶语不能深。
冷静勤观史，字同含变心。

2013年4月24日

子长道中忽有感

平生理想近千寻，红色情怀每自深。
神圣光环谁卸去？闲来读史痛锥心。

2013年4月24日

安塞道中

自知前路尚迢迢，不必人间见舜尧。
天地腰间悬一鼓，太平声响彻云霄。

2013年4月24日

赴延安道中口占

奔行万里带风尘，圣地追踪南北频。
应染赤红深到骨，千家主义一家真。

2013年4月24日

中国延安干部学院散步感吟

山水图形取境深，精神探索若淘金。
一轮明月周遭静，圣地光辉浴我心。

2013年4月24日

枣园革命旧址

不关炎热与清凉，正道群英聚一方。
千里运筹孰胜负？光明欲见枣花香。

2013年4月25日

延安革命纪念馆感吟

万众归心不可当，浴红文物聚荣光。
精神激荡兴豪迈，涤尽胸尘自亮堂。

2013年4月25日

宝塔山

从来圣地势高强，宝塔凝心放异光。
马列镶金无所用，精神绝世利锋芒。

2013年4月25日

甘泉道中

疾驶甘泉道，百忧兴感深。
言辞慷慨极，海内识其心。

2013年4月25日

壶口瀑布

遍行华夏忘偏颇，天地奔流奏浩歌。
岂独美名扬海内？分明异域客来多。

2013年4月25日

宜川感吟

小城初识欲相亲，叹惜无缘洗倦尘。
山塔何曾留夕照？匆匆只是往来人。

2013年4月25日

赴洛川道中

无束畅谈在异乡，心愉不觉旅途长。
山形似枕千年睡，明月孤轮一夜凉。

2013年4月25日

洛川道中感言

追踪悉恨迟，日夜苦奔驰。
不是红星照，世人焉得知？

2013年4月25日

洛川会议旧址

曾经百折益坚强，商定洛川十大纲。
抗战精神惊世处，判明方向救危亡。

2013年4月25日

轩辕宾馆即兴

图谋在远途，落脚自无虞。
笑啖饥来饭，同干酒半壶。

2013年4月25日

黄帝陵

其一

从来克己每兢兢，事业无门独望兴。
华夏子孙心愿似，寻根不忘到黄陵。

其二

虔诚祭拜意通玄，绍圣无非认祖先。
碧水微波心愈定，春风畅饮帝陵前。

2013年4月26日

黄帝手植柏

斜照穿林七彩光，攀行暂歇得清凉。
毓灵千载红尘远，决意冲天势莫当。

2013年4月26日

挂甲树

和平说尽未相宜，铠甲如鳞孰敢疑？
过往春秋都不是，世间鏖战近传奇。

2013年4月26日

诚心亭

忽然邪念遁无形，不正衣冠到此停。
信是人间诚意贵，鉴心何必聚碑亭？

2013年4月26日

文武官员至此下马碑

文明嫡系未支离，万派归宗赖筑基。
不使人间规矩乱，幸能尊祖敬威仪。

2013年4月26日

汉武仙台

鼎丹常服出红尘，玉露难收势绝伦。
仙域从来无处觅，可怜虚妄费精神。

2013年4月26日

黄帝衣冠冢

桥山别议①似难从，先祖移迁自有踪。
不必人间真假辩，衣冠葬处即为宗。

2013年4月26日

别黄陵

何为怆恻过山前？拜祭元来抱至虔。
百感交心锤意志，将归已是两重天。

2013年4月26日

注：①桥山别议，一说桥山在甘肃庆阳。

富县道中作

差距不知勇赶超，陇原长觉乐逍遥。
机缘最是无从说，阅尽葱茏叹富饶。

2013年4月26日

直罗道中感吟

其一

残云若卷见雄师，意志成钢自不移。
一战留名千古事，孰期伟业后人知？

其二

处处忠魂可有家？旅途空忆旧生涯。
战争遗址今安在？枯骨无声故事多。

2013年4月26日

张家湾

元是故乡最认真，远行微倦带风尘。
纵然初至犹亲切，出站都成陇上人！

2013年4月26日

河上塬（和尚塬）

男儿立世重帮扶，胸臆不开寸寸愚。
陌路闻名真假误，相安只为意难殊。

2013年4月26日

合水太白镇感怀

纸上大名知，收枪震一时。
英雄真寂寞，公论每迟迟。

2013年4月26日

太白收枪

收枪壮举敌难逃，史迹多乖笔胜刀。
怯懦成灾终奋起，陇原儿女最英豪。

2013年4月26日

合水感吟

忽言陈事忆刘公，犹笑当年告状风。
只是寻常慵记省，江湖渐远莫争功。

2013年4月26日

南梁教学点口占

主义昔年真，何求解说新？
一池清浅水，可鉴远来人。

2013年4月26日

抗大七分校旧址感怀

英才凋谢后，故实已难寻。
不忘红旗党，光明自在心。

2013年4月26日

军民大生产纪念馆感吟

克难勤种田，文物诉当年。
两党争天下，民心日夜偏。

2013年4月26日

列宁小学旧址

心智当时已脱贫，何须别处学精神？
读书播下红星种，指点江山有后人。

2013年4月26日

南梁革命纪念馆

故事长传若远离，不言成败或相宜。
投身革命岂行险？定要神州扬赤旗。

2013年4月26日

看望同事家人

山前暂寄身，同聚一家亲。
名犬夜无吠，应知访客频。

2013年4月26日

华池宾馆晨起

开窗见日沐朝晖，往事堆来知力微。
难遏神思趋落寞，梦中佳句醒时飞。

2013年4月27日

过庆城县忽忆旧事有感

虚名亦出奇，逸事反观疑。
一笑愁难了，青天陌路知。

2013年4月27日

过马岭

才尽甘居人下久，谈资已废却含机。
酒香难阻归心去，只恐从今笑语稀。

2013年4月27日

过曲子

风情卓异敢为先，僻壤兴商举国牵。
红白斗争多逸事，繁华逝尽但如烟。

2013年4月27日

过环县

善举最无形，"双联"莫喊停。
民居深远处，待客几时宁？

2013年4月27日

过山城堡

悲喜付青冥，深期国有宁。
狼烟多过往，积血已无腥。

2013年4月27日

甜水镇有感

思绪变无端，悲情但自宽。
往来人不识，居陇客心安。

2013年4月27日

过狼布掌

一向韶华暗耗空，旅途深省夕阳红。
闻名不解其中意，惭愧今生作老翁！

2013年4月27日

过萌城

一路深思益自知，人生梗阻虎狼欺。
孰期傲骨能敲贼？退意方萌应悔迟。

2013年4月27日

过惠安堡

景仰前贤久暗师，唯因势弱任驱驰。
青春耗尽星星见，天地居心不可知。

2013年4月27日

过吴忠

风尘历久尽衰颜，险恶居心何日闲？
负我忠诚情不已，世间黔首尚多艰。

2013年4月27日

过中宁

穿行旷野叹零丁，破局谁堪百障屏？
不在江湖心见老，人生但愿得中宁。

2013年4月27日

过兴仁

顿觉衷肠冷似冰，无心树敌示多能。
胡为付出偏招妒？频罩网罗饰友朋。

2013年4月27日

过平川

黄沙漫卷半边天，困厄重重犹向前。
唯愿今生微顺意，横穿险境到平川。

2013年4月27日

过白银有感

历史功勋已定评，应怜竭泽耻悲鸣。
平生固执言难尽，总谓民心不可轻。

2013年4月27日

途中偶感

奔马脱缰拽不回，前行总要占头魁。
又添新景无人看，多少民脂化蜡灰。

2013年4月27日

进兰州城有感

楼宇困于烟，山城一水穿。
不堪人作孽，直道隐青天。

2013年4月27日

临夏滨河路观牡丹有感

怀笑入花丛，方知数载功。
游人应不断，十里尽香风。

2013年5月1日

东郊公园感吟

由衷震撼经纶手，山水画图焉可删？
好似人生无固步，勇抛羁绊展新颜。

2013年5月1日

红园即兴

闲来赴远偶联欢，看罢丁香看牡丹。
花下相逢耽共语，谁知暮色亦生寒？

2013年5月1日

定西道中

雾里连山渐廓清，经霄喜雨暗添青。
陇原长旱孰关切？不变悠悠赤子情。

2013年5月14日

《条例》检查有感

迭出奇招政策同，抽查欲果秉心公。
莫矜勤勉多高见，细讨深研下苦功。

2013年5月17日

游兴国寺

中庭远看翠云深，宝殿虔生般若心。
才出佛门天地迥，世间恩怨又相寻。

2013年5月17日

秦安县博物馆

人间宝物绽新颜，追溯文明大地湾。
众客倾心巡礼后，先民历史更斑斓。

2013年5月17日

山庄晚眺

无穷碧落有冰原，天水垂流草木藩。
何必夕阳当快意，白云山下卧田园。

2013年5月17日

宾馆深夜读史有感

其一

休怪近山马不前，心情映出异同天。
敛笑收言身渐老，藏书尽废独高眠。

其二

穷通淡远眼方明，学问深时自有情。
道义千秋多傲骨，何人窃禄苟安平？

其三

文攻武举欲称雄，其实到头无用功。
沉醉不知云入水，一生驱策半虚荣。

其四

勇气堪嘉似俊豪，多将健笔误为刀。
壮怀常系平戎策，自诩雄才未必高。

其五

远离朋党向孤穷，应笑是非尚论公。
苟且营私门脸大，纵然名胜也成空。

其六

勋业已成看不齐，乾坤倒转破新题。
人生尽处何曾异？始自高来终必低。

2013年5月17日

八宝山公墓参加任恩恩
遗体告别仪式有感

曾逢识者讨根源，忧瘁交心未惮烦。
潇洒何须留憾恨？人生变故不堪言。

2013年6月27日

中川机场参加任恩恩
骨灰接迎仪式有感

远谋深划夜难眠，事业初成百虑煎。
生死何曾分贵贱？聊能告慰盛名传。

2013年6月27日

旅夜读书偶感

其一
空怀意气慕英豪，立世推原重节操。
千古文人多不悟，凌云健笔利如刀。

其二
朋党横行白眼寻，人知力弱便相侵。
天生势利休言笑，君子门前积雪深。

其三
圣贤高处俱能师，平日得闲好读诗。
独有功名千载误，英才乞遇不当时。

2013年7月29日

近代诸贤，每存拳拳爱国之心，
然世道混浊，多不见用。
夜有所感，草就三章

其一
深知傲骨不能侵，自鄙封侯弃万金。
只恨书生难许国，繁华过尽剩丹心。

其二

长思国运每忧深，狼子从来胀野心。
痛斩千回犹有恨，澎湖列岛寇相侵。

其三

不知何处可高瞻，乱象纷呈水火添。
休怪世人多势利，生居弱国丧尊严。

2013年7月29日

白银道中

其一

悖意驱驰取道偏，生涯自顾亦茫然。
天光洞射山微绿，险雨何期落眼前？

其二

空言道义近无根，风骨独标反似昏。
忧国愿丰同妄语，如何袖手挽乾坤？

2013年8月11日

二台阁南坡大院幸福寓所感赋

心系乾坤万象研，山腰问道未通玄。
伏龙坪上真人见，武学能兴法脉传。

2013年9月11日

陇南饭店夜读有感

其一

忧瘁牵心悉数空，眼高羞与世人同。
周公今日可能解？几十年来如梦中。

其二

行遍江湖识见新，平生困顿愧前因。
知他笑语悠闲得，镰月孤星并可人。

其三

最是无知年少狂，自轻天下好文章。
而今深会江郎痛，不许雄心半寸长！

2013年12月12日